For Scarlett and Violet

by Sheila Saleh

Dokhtar Koochooloo va khâharesh
kenâreh daryâcheh yek
toopeh sabz peydâ kardand.

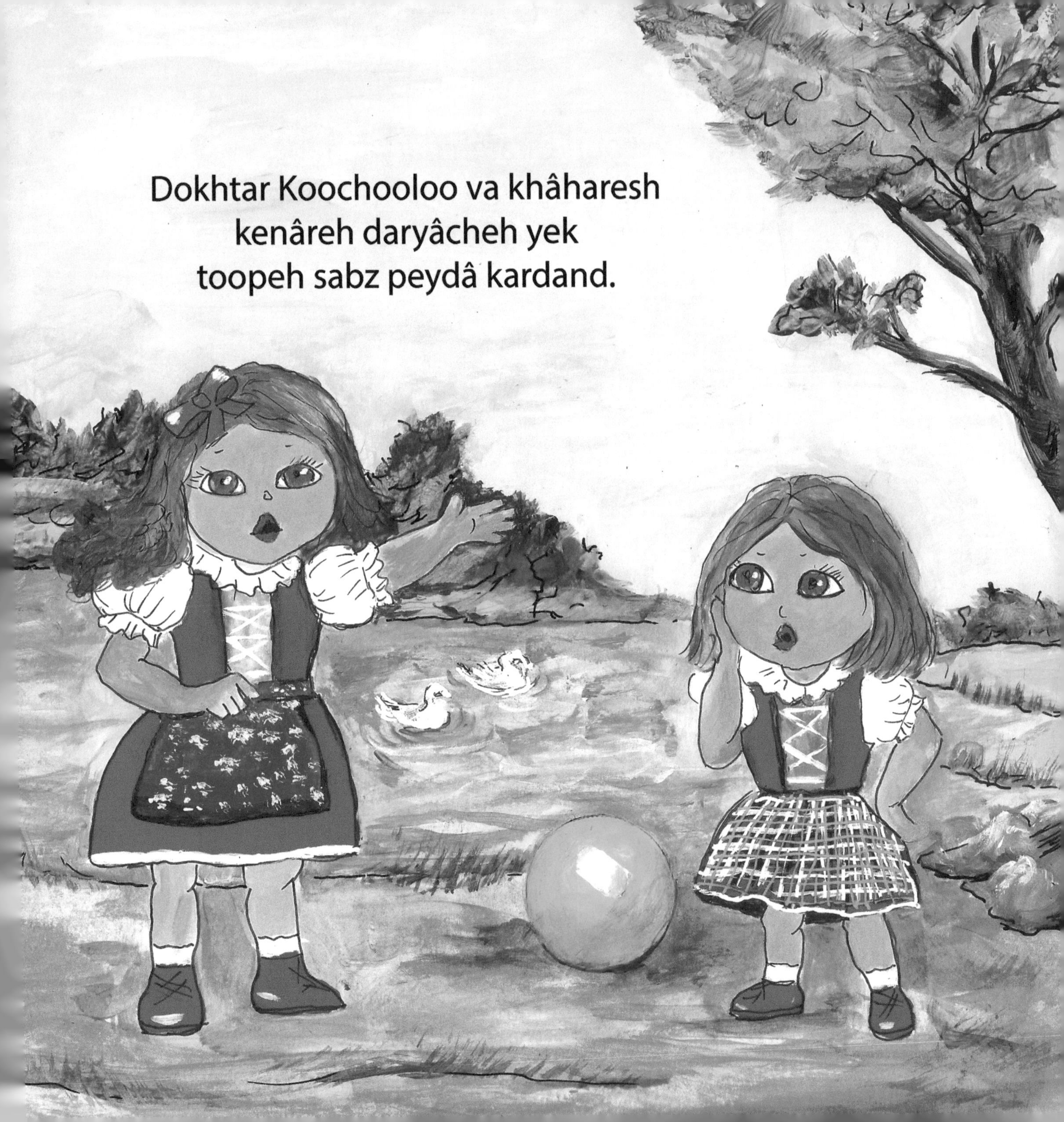

Bâd toop râ bord oon tarafeh daryâcheh.
Dokhtar Koochooloohâ savâreh lâk poshteh
bozorg donbâleh toop raftan.

Kherseh koochak âmad va toop
râ bâ pâ part kard tooyeh toonel.

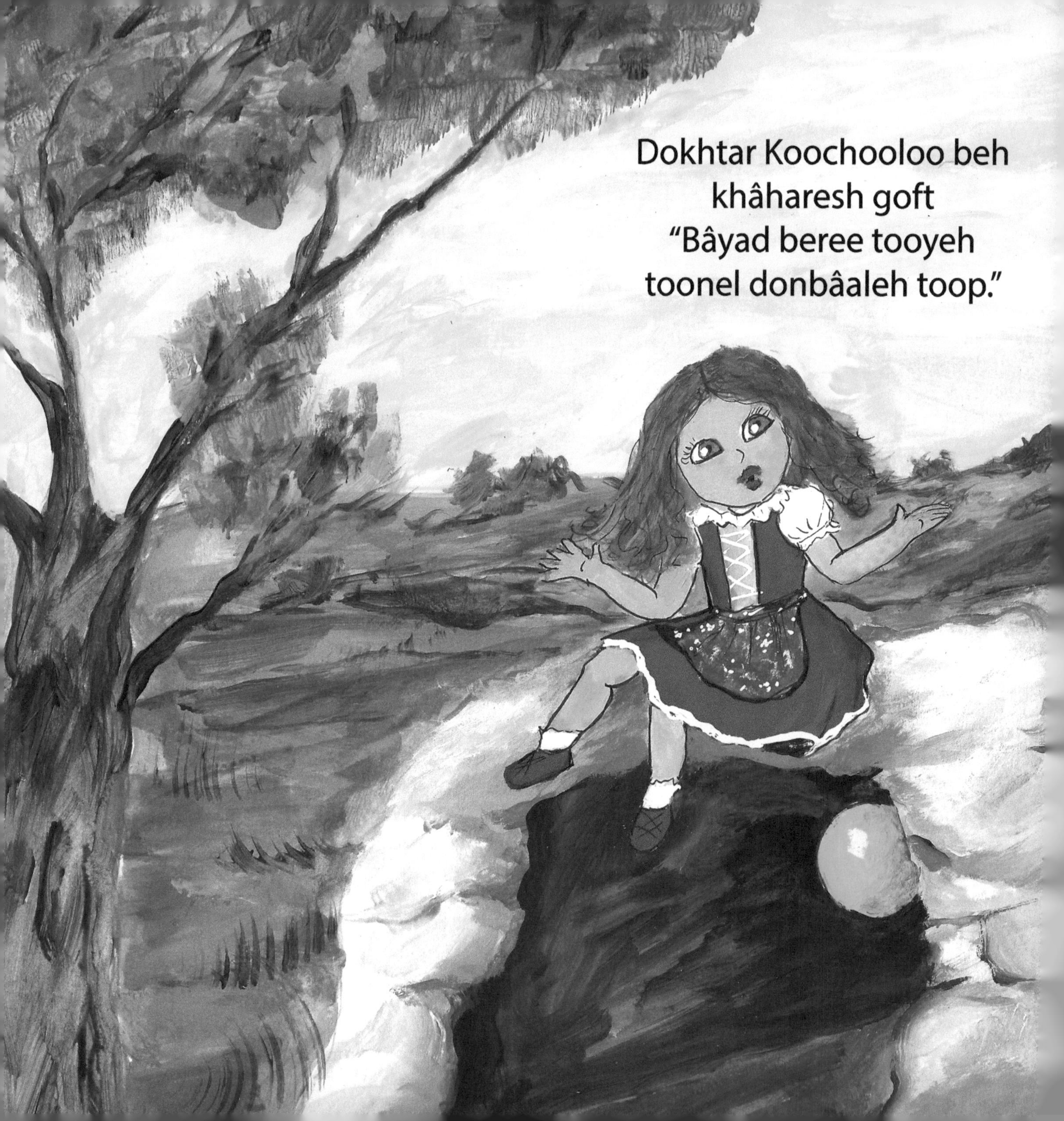

Dokhtar Koochooloo beh
khâharesh goft
"Bâyad beree tooyeh
toonel donbâaleh toop."

Khâharesh raft tooyeh
toonel keh toop
râ peydâ konad.

Toop az lâneyeh roobâh
rad shod va az
toonel âmad beeroon.

Peeneh dooz goft toop az oon taraf raft.

Oghâbeh bozorg toop
râ bar dâsht va parvâz kard.

Dokhtar Koochooloo az dalghak porseed
"Toopeh sabz râ deedy?"
Ou goft "Nadeedam."

Savâreh bâd bâdak shod
keh toop râ az bâlâ peydâ konad.

Vasateh golhâyeh âftâb gardoon
negâh kard valy toop oonjâ nabood.

Toop khord beh sang
va part shod bâlâyeh derakht.

Dokhtar Koochooloo raft bâlâyeh
derakht keh toop râ begeerad.

Az bâlâyeh derakht toop
oftâd rooyeh ghârch.

Dokhtar Koochooloohâ toop râ
peydâ kardand va bâ oon bâzee kardand.

CPSIA information can be obtained
at www.ICGtesting.com
Printed in the USA
BVHW022340290322
632824BV00002B/89